BLASON

ET

DEVISE

DU COLLÈGE STANISLAS

PARIS

IMPRIMERIE NOIZETTE

8, RUE CAMPAGNE-PREMIÈRE

—

1892

18 AVRIL 1892

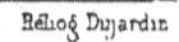

BLASON ET DEVISE

DU

COLLÈGE STANISLAS

Le 13 août 1872, M. l'abbé de Lagarde, directeur du Collège Stanislas, prononçait à la distribution des prix un discours dont on lira plus loin un extrait.

Le Directeur de Stanislas explique la pensée qui l'a guidé dans le choix des Armes du Collège. L'abbé de Lagarde se proposait, comme on peut le voir, d'exprimer, sous une forme concrète et symbolique, les principes d'éducation en honneur à Stanislas et qui se résument en ces deux mots : Dieu et Patrie.

La devise : *Français sans peur, Chrétien sans reproche,* rappelle la devise fameuse du chevalier que l'histoire a surnommé le chevalier *sans peur* et *sans reproche.*

Le 18 avril 1892, une statue de Bayard, le chevalier modèle de foi et de patriotisme, a été érigée dans le jardin du parloir du Collège.

Le piédestal de la statue est la colonne, souvenir des Tuileries, dressée en 1883.

En dédiant cette statue à nos élèves, nous nous sommes proposé de mettre sous leurs yeux et de rappeler sans cesse à leur souvenir le but de nos constants et communs efforts, les idées traditionnelles qui sont pour ainsi dire l'âme de Stanislas.

Que Dieu daigne toujours bénir l'œuvre qui nous est chère, en faisant de chacun de nos enfants, un Français sans peur et un Chrétien sans reproche.

Le Directeur,
PRUDHAM.

(Extrait du discours de la Distribution des Prix de 1872)

. . . .

« ... Dominé par les grands souvenirs d'un passé glorieux, et pénétré en même temps de l'esprit et des besoins de notre époque, j'ai voulu opérer dans la jeunesse une féconde et indissoluble alliance entre les traditions religieuses et chevaleresques de la France et les vrais progrès accomplis par l'humanité dans les temps modernes.

« C'est comme gage et symbole de cette alliance que j'ai cru pouvoir donner au Collège un blason et une devise. Nous devons préparer les jeunes gens à une véritable croisade, pour sauvegarder la Religion, défendre la vérité, maintenir les principes fondamentaux de la morale et de la société, et rétablir dans son intégrité l'honneur français.

« Dans cette croisade, notre blason sera le signe de ralliement; notre devise deviendra le mot d'ordre. Le blason rappelle le nom du collège et indique son double caractère religieux et universitaire. Il emprunte quelque chose aux armes de Stanislas Leczinski, parrain de celui qui a donné son nom au collège. Il présente le livre, symbole de l'étude, et la palme offerte par l'Université au plus méritant dans les luttes annuelles de la Sorbonne. Il est écartelé d'une croix que Dieu vous montre, jeunes gens, comme autrefois à Constantin le Grand, en vous répétant cette parole mystérieuse mais éternellement vraie : *In hoc signo vinces* ; c'est l'étendard qui vous conduira à la victoire. Enfin ce blason est surmonté du chiffre de la Dame, bonne et puissante entre toutes, dont nous portons le nom, sinon les couleurs, et à qui nous avons confié ce qui nous est le plus cher au monde : le salut de vos âmes.

« Quant à la devise, elle est empruntée à l'un des types de la chevalerie française. Elle dit clairement jusqu'où va notre ambition pour vous, jeunes gens. Revenant fréquemment sous votre regard, elle vous montrera chaque fois le but auquel vous devez tendre. Adoptée au lendemain de nos désastres, elle sera notre perpétuel mais sage cri de revanche. Elle sera plus, mes chers enfants, elle sera le serment de votre jeunesse ; elle sera l'engagement sacré de servir efficacement votre pays et d'honorer fidèlement votre Dieu.

« Je dois prévoir une objection. Cette devise exige trop peu d'un côté, et trop de l'autre : nous demander d'être *Français sans peur,* c'est nous faire injure ; nous demander d'être *Chrétiens sans reproche,* c'est réclamer l'impossible. Ma réponse sera le commentaire de la devise. Elle vous montrera comment vous devez entendre cette devise, et comment en la réalisant, vous contribuerez à la vraie grandeur de la France.

« J'admets que le courage militaire est inné dans un cœur français ; je suis convaincu que si vous vous trouvez jamais sur un champ de bataille, vous éprouverez ce que me racontait naguère, avec une admirable simplicité, l'un de vos aînés, sorti du collège depuis peu d'années : « La première fois que je suis allé au feu, me disait-il, je n'avais qu'une seule crainte, c'était celle *d'avoir peur* ; heureusement je fus rassuré dès que j'entendis siffler les premières balles et gémir les premiers blessés ; je m'aperçus que je n'avais pas peur. » Je le crois bien : il avait dans les veines du sang français et du sang lorrain ; j'allais dire qu'il était deux fois Français. Aussi ses coups d'essai furent des coups d'éclat ; il porte aujourd'hui la croix d'honneur brillamment gagnée. J'en ai cité un pris au hasard ; j'aurais pu citer tous les autres : le courage militaire n'a fait défaut à aucun. Il ne vous manquera pas davantage à vous-mêmes dans l'occasion. Je pourrais ajouter que j'en ai en quelque sorte déjà des preuves. Car j'ai senti, il y a deux ans, le frisson d'enthousiasme qui a parcouru vos membres, lorsque vous avez acclamé votre digne aumônier allant porter son dévouement religieux et patriotique à l'armée du Rhin. Je vous ai vus plus tard fiers de votre collège parce qu'il avait accompli jusqu'au bout et dans des jours difficiles, sa modeste mission. J'ai compris enfin avec quel entrain et quelle générosité les aînés d'entre vous ont sacrifié leurs récréations au rude apprentissage de la manœuvre et de l'art militaire, et j'ai trouvé là les gages d'un patriotisme qui n'a besoin que d'une occasion pour se révéler.

« Mais le courage n'a pas seulement à s'exercer sur le champ de bataille, et il est plus rare ailleurs. Ne pourrais-je pas rencontrer parmi vous tel élève qui, dans peu d'années, serait prêt à attendre de pied ferme une charge de uhlans, et qui, aujourd'hui, est exposé à de honteuses défaillances en face d'une simple version grecque ou d'une modeste matière de vers latins? N'en est-il aucun ici capable de voir et d'entendre sans sourciller un obus du plus fort calibre éclater à son côté, mais impuissant à affronter le sourire où la plaisanterie d'un ami moins vertueux que lui? Le

vrai courage, jeunes gens, c'est celui qui poursuit l'accom-
plissement du devoir, partout où devoir il y a. Ce courage,
dont la valeur militaire n'est qu'un trait, il est le propre
des grandes âmes, et il ne saurait atteindre sa perfection
qu'au moyen de considérations de l'ordre le plus élevé.
Vous souhaiter ce courage-là, mes chers enfants, faire des
vœux pour que vous ne sortiez tous du collège qu'après
être devenus dans ce sens des hommes *sans peur*, c'est
vous souhaiter un grand bien ; vous proposer l'acquisition
d'une telle vertu, c'est vous proposer un noble et persévé-
rant effort, dont trop peu d'âmes se montrent capables.
Soyez fidèles à la première partie de votre devise et le suc-
cès de vos classes est assuré, le niveau de vos études mon-
tera graduellement, la tâche de vos maîtres, dans la forma-
tion de vos intelligences et de vos cœurs deviendra chaque
jour plus facile et plus fructueuse ; et vous sortirez du collège prêts pour les grandes luttes de la vie.

« Quant à la seconde partie de la devise, elle demande de
vous de grandes choses, il est vrai, mais rien qui dépasse
vos forces. Vous devez devenir des *Chrétiens sans reproche*,
sinon en vous élevant au-dessus des infirmités inhérentes
à l'humaine nature, ou en vous exemptant de toute fai-
blesse et de toute imperfection, du moins en fortifiant vos
volontés par les pratiques religieuses et en éclairant vos
esprits par les enseignements de la foi, de manière à de-
meurer fermes contre les entraînements des passions, et à
ne connaître ni le trouble de l'erreur, ni les angoisses du
doute, ni le vide de l'incrédulité.

« Votre tâche sous ce rapport est immense : votre influence
peut devenir décisive. Vous n'êtes pas sans avoir aperçu
de loin, ni sans avoir entendu mugir sourdement ce flot

immense qui s'élève contre la société chrétienne. Il porte dans son sein la haine ou la négation de Dieu, l'âpre convoitise de celui qui ne possède rien, l'ambition haineuse de celui qui n'est rien, la faim insatiable des plus grossières jouissances, et cette formidable coalition de tous les hommes qui mettent leurs espérances dans un bouleversement. Ce flot menaçant monte chaque jour davantage; il s'engouffre par toutes les issues que lui laisse la liberté, et il menace à chaque instant d'engloutir l'édifice social tout entier. Il n'a fait que passer sur la ville qu'on appelle la capitale du monde civilisé, et vous savez les tristes épaves et les lugubres traces qu'il y a laissées. La force religieuse seule est capable de conjurer le danger; si elle faisait défaut à une pareille heure, nous devrions craindre une catastrophe sociale plus grave que toutes les précédentes.

« Il faut donc que Dieu puisse trouver aujourd'hui dans nos collèges, à mettre au devant de la société menacée, de jeunes chrétiens énergiques et convaincus. Il faut qu'il puisse en placer dans toutes les carrières, dans les rangs de l'armée, parmi les étudiants, au milieu des agglomérations ouvrières. Il faut que ces jeunes gens, par leur langage, par leur influence, deviennent ce grain de sable que Dieu montre à la vague en lui défendant de le franchir. Ah! chers élèves, combien votre mission est belle! Remplissez-là fidèlement. Revendiquez partout pour vous-mêmes la liberté de vivre en chrétiens sans reproche, et vous sauverez la foi, l'honneur et la liberté de la France.

« Enfin, vous devez contribuer à relever votre pays en augmentant sa puissance intellectuelle. Devenez donc des esprits vraiment cultivés ; élevez votre pensée et formez

votre goût par de sérieuses études littéraires. · Parcourez
d'un pas sage et mesuré les conquêtes de l'intelligence
dans le domaine de la science. Fortifiez votre esprit par
une solide étude de la philosophie, La parole distinguée
que vous allez entendre, les sages conseils que va vous
adresser notre honorable Président, vous feront sentir,
mieux que je ne saurais le dire, ce qu'une semblable étude
met d'élévation dans la pensée, de fermeté dans l'esprit et
de noblesse dans le cœur.

« Mais par-dessus tout, faites descendre dans vos âmes les
purs rayons de la lumière révélée. Soyez en un mot des
hommes instruits et des chrétiens convaincus. Combien est
beau à voir l'homme instruit obéissant à des convictions
religieuses ! Combien sa parole est persuasive !

« J'ai commis déjà une indiscrétion ; je ne puis résister au
désir d'en commettre une autre : il s'agit de nouveau d'un
de vos anciens condisciples, sorti plus récemment encore du
collège. Celui-ci ne savait s'expliquer où l'homme sans
conviction religieuse peut puiser un vrai courage en face de
la mort ; mais il ajoutait : « Pour moi, je me suis arrangé
pendant toute la campagne de manière à être toujours en
paix avec Dieu et ma conscience ; puis j'allais au feu sans
inquiétude. » Il avait en effet si peu d'inquiétude, qu'au
témoignage d'un de ses chefs ce jeune officier se distinguait
entre tous par un admirable sang-froid au milieu du feu le
plus violent. Le signe des braves brille aujourd'hui sur sa
poitrine, et il a réalisé merveilleusement pour sa part ce
que je souhaite pour chacun de vous, chers élèves : il
a été et il demeurera *Français sans peur, Chrétien sans
reproche.*

« Vous connaissez, jeunes élèves, le glorieux chevalier à

qui nous avons emprunté cette devise. Pouvions-nous choisir un plus beau type à proposer à votre imitation ? Les Français l'avaient justement nommé le Chevalier sans peur et sans reproche. Il faut que l'on puisse désormais appliquer à chacun de vous ce glorieux titre. Les Espagnols faisaient l'éloge, à leur façon, du noble chevalier, en disant de lui ce mot passé en proverbe : *Muchos grisones y pocos Bayardos :* Beaucoup d'ânes et peu de Bayards. Un auteur contemporain, dans un ouvrage sur Louis XII, cite le proverbe, et ne le trouvant point assez flatteur pour la France, il s'en prend aux Espagnols et prétend que pour ceux-ci le proverbe devrait être : Beaucoup d'ânes et point de Bayards. A vous, mes chers enfants, à faire mentir le dicton espagnol, en sorte que l'on puisse dire au contraire en visitant votre collège : *Pocos grisones y muchos Bayardos;* et que l'on soit en droit de traduire, à la façon de l'auteur du triomphe de Louis XII : Point d'ânes et beaucoup de Bayards.

« Messieurs, en tête de la loi Salique, nos pères écrivaient avec l'élan d'une foi vive et d'une confiance largement justifiée : *Vive le Christ qui aime les Francs!* Retournons aujourd'hui cette noble parole pour l'appliquer à chacun de vous, et disons, avec une espérance non moins fondée, de tous ceux qui, comme vous, peuvent, par leur foi et par leur énergie, relever notre chère patrie : *Vivent les Francs qui aiment le Christ !* »

www.ingramcontent.com/pod-product-compliance
Lightning Source LLC
LaVergne TN
LVHW050427060726
842526LV00007B/2477